EL ÁLAMO

SÍMBOLOS AMERICANOS

Lynda Sorensen
Español: Argentina Palacios

The Rourke Book Company, Inc.
Vero Beach, Florida 32964

CRÉDITOS FOTOGRÁFICOS:
© James P. Rowan: portada, páginas 7, 12, 13, 21; © Frank Balthis:
página de portada, página 18; cortesía de Daughters of the
Republic of Texas Library at the Alamo: páginas 4, 8, 10, 15, 17

Library of Congress Cataloging-in-Publication Data

Sorensen, Lynda, 1953–
   [Alamo. Spanish]
   El Álamo / Lynda Sorensen : español, Argentina Palacios
      p. cm. — (Símbolos americanos)
   Incluye índice
   ISBN 1-55916-070-5
   1. Álamo (San Antonio, Tex)—Literatura juvenil.
[1. Álamo (San Antonio, Tex) 2. Monumentos nacionales]
I. Título II. Serie
F390.S69718 1994
976.4'351—dc20
                                   94–20736
                                    CIP

Printed in the USA
                                    AC

ÍNDICE DE CONTENIDO

EL ÁLAMO

El Álamo se recuerda siempre por el valor y el **heroísmo** de los que lucharon allí.

Esta **misión** española en San Antonio, Texas, se convirtió en un sangriento campo de batalla cuando un obstinado grupo de texanos y americanos contuvo al ejército del general mexicano Antonio López de Santa Anna durante 12 días.

Por fin, el 6 de marzo de 1836, los soldados mexicanos escalaron las murallas de piedra y aniquilaron a los defensores. La caída de El Álamo se convirtió en un **símbolo** perdurable de la valentía de los americanos.

El teniente coronel William Travis reunió a su pequeña guarnición tras las murallas de El Álamo

SAN ANTONIO DE VALERO

El Álamo original fue construido en 1718 por sacerdotes o padres católicos españoles, quienes le dieron el nombre de San Antonio de Valero. Como otras misiones españolas, tenía cuartos, edificios y una **plaza**, o área abierta, rodeados por murallas muy amplias y altas.

En ese tiempo, México se encontraba bajo la dominación de España. Texas y gran parte del suroeste norteamericano pertenecían entonces a México.

Los sacerdotes o padres utilizaban las misiones como iglesias y escuelas para los indígenas amistosos. Las murallas los protegían de los belicosos.

Queda muy poco de la iglesia original (foto) de San Antonio de Valero, una misión española más conocida como El Álamo

RUMORES DE GUERRA

La población de Texas experimentó grandes cambios a principios del siglo XIX. Muchos americanos se fueron a vivir en Texas entre los mexicanos y pronto hubo más forasteros americanos que mexicanos nacidos en el lugar.

Mientras tanto, México se independizó de España en 1821. Texas era ahora propiedad mexicana.

El general Santa Anna se convirtió en presidente y **dictador** de México en 1833 y su gobierno de mano dura enfureció a muchos texanos tanto de origen mexicano como americano.

Muchos texanos querían que Texas fuera un país libre y formaron un ejército que atacó a los soldados mexicanos.

Theodore Gentilz empezó su dibujo de la caída de El Álamo por el año 1840 y probablemente lo terminó por el año 1880

ATRINCHERADOS EN EL ÁLAMO

Santa Anna se enfureció e inmediatamente, en febrero de 1836, se fue a San Antonio a aplastar la **revolución**, o levantamiento, con un ejército de unos 2,500 hombres.

Lo que había era un "ejército" de unos 150 texanos al mando del teniente coronel William Travis, quien sólo tenía 26 años. Travis y su grupo se atrincheraron tras las murallas de El Álamo.

3 de marzo de 1836, el coronel Travis les *jo a sus hombres: "¡Aún hay tiempo para* *scapar! Quienes elijan quedarse y morir conmigo que crucen esta raya"*

Este monumento se encuentra donde el general Santa Anna venció al coronel Fannin y su ejército en la Batalla de Coleto, dos semanas después de la caída de El Álamo

Santa Anna capturó a 400 texanos en la batalla y los fusiló aquí en Goliad

BAJO ATAQUE

Los texanos se pudieron haber dispersado. No tenían que hacerle frente al ejército mexicano. Aún después de la invasión, los hombres tuvieron la oportunidad de fugarse, pero sólo uno lo hizo.

Santa Anna le informó a Travis que mataría hasta al último hombre que se encontraba en El Álamo y Travis le respondió que él nunca se rendiría.

Travis esperaba que el general Sam Houston o el coronel James Fannin le ayudaran con refuerzos pero Fannin se negó y Houston se encontraba demasiado lejos.

Los mexicanos empezaron a disparar los cañones contra El Álamo el 23 de febrero.

El Álamo quedó en ruinas después del ataque mexicano en 1836

EL ATAQUE FINAL

Todo estuvo más o menos en calma casi dos semanas. El general Santa Anna hubiera podido destruir El Álamo a cañonazos con el tiempo. Pero hizo el disparate de ordenar que los soldados de infantería atacaran el 6 de marzo.

Los soldados mexicanos no eran menos valientes que los texanos y los atrincherados los abatieron durante el ataque a las murallas de El Álamo. Finalmente traspasaron las murallas por medio de escaleras.

Esta ilustración de El Álamo desmoronándose apareció en 1851 en Grahams Magazine

CROCKETT
HOTEL

LA ÚLTIMA BATALLA

La batalla rugía al otro lado de las murallas de El Álamo. El cañoneo, los alaridos y los gritos eran ensordecedores. Con los pocos texanos, quienes casi enseguida quedaron sin municiones y luchando con garrotes y culatas de fusiles, la lucha terminó rápidamente.

Santa Anna les perdonó la vida a un esclavo y nueve mujeres y niños. Travis y toda su guarnición de 189 hombres murieron. Entre los muertos se encontraban varios texanos de ascendencia mexicana y dos famosos personajes de la frontera americana—Davey Crockett y Jim Bowie.

Un hotel con el nombre del más conocido defensor de El Álamo se levanta por encima de la iglesia la misión

"¡RECUERDEN EL ÁLAMO!"

Santa Anna dirigió su ejército hacia donde se encontraba Sam Houston, pero éste se mantuvo un paso adelante. El ejército de texanos crecía a diario a medida que se sabía la noticia de El Álamo.

El 21 de abril, los texanos repentinamente se dieron vuelta y sorprendieron al ejército mexicano. Con gritos de "¡Recuerden El Álamo!", los texanos mataron a 630 soldados mexicanos en San Jacinto, Texas, en una batalla de sólo 18 minutos de duración.

Santa Anna cayó prisionero y en mayo, México le concedió la independencia a Texas. En 1845, la República de Texas se unió a los Estados Unidos.

Una señal en el Parque Histórico Estatal de Goliad recuerda la Batalla de Coleto y la derrota del coronel Fannin.

TEXAS

BATTLE OF COLETO
AND
GOLIAD MASSACRE

AFTER THE FALL OF THE ALAMO, MARCH 6, 1836, COLONEL JAMES WALKER FANNIN, WITH ABOUT 400 SOLDIERS, MOSTLY VOLUNTEERS FROM THE UNITED STATES IN THE TEXAS WAR FOR INDEPENDENCE, WAS ORDERED BY TEXAS GENERAL SAM HOUSTON TO RETREAT FROM GOLIAD TO VICTORIA.

MARCH 19, THE HEAVY MEXICAN FORCE OF GENERAL URREA SURROUNDED THE WITHDRAWING TEXAS CONTINGENT NEAR COLETO CREEK, AND BITTER FIGHTING ENSUED. FANNIN'S VOLUNTEERS HURLED BACK THE ASSAULTS OF THE MEXICAN FORCE. ON THE FOLLOWING DAY, FACED WITH SEVERAL TIMES THEIR NUMBER, THE TEXANS SURRENDERED IN THE BELIEF THEY WOULD BE TREATED AS PRISONERS OF WAR OF A CIVILIZED NATION. AFTER REMOVAL TO GOLIAD, THE FANNIN MEN WERE MARCHED OUT AND MASSACRED ON PALM SUNDAY UNDER ORDERS OF SANTA ANNA, THE GENERAL OF THE MEXICAN ARMIES. THUS DICTATOR SANTA ANNA ADDED ANOTHER INFAMY TO THAT OF THE ALAMO AND GAVE TO THE MEN WHO SAVED TEXAS AT SAN JACINTO THEIR BATTLE CRY, "REMEMBER THE ALAMO, REMEMBER GOLIAD".

THE MEMORIAL TO FANNIN AND HIS MEN IS NEAR GOLIAD.

(1972)

DE VISITA EN EL ÁLAMO

Los edificios y las murallas originales de El Álamo desaparecieron casi totalmente por descuido. Hoy en día, lo que queda de "El Álamo" es la capilla original y una **reconstrucción**, o copia, de la vieja misión.

El Estado de Texas es propietario de los cuatro acres de El Álamo. Éste es un monumento histórico nacional, un lugar de honor, administrado por las Daughters of the Texas Republic (Hijas de la República de Texas).

Tanto los americanos como los mexicanos recuerdan El Álamo por la valentía de los que lucharon allí.

Glosario

dictador — alguien que gobierna por su cuenta, con muy poca o ninguna dirección de nadie

guarnición — grupo de soldados que defienden una plaza o lugar

heroísmo — grandísima valentía

misión — un poblado pequeño amurallado donde los sacerdotes o padres católicos españoles establecieron escuelas e iglesias para los indios en los siglos XVI, XVII y XVIII.

plaza — área abierta cuadrada o rectangular dentro de un pueblo o una misión

reconstrucción — un lugar o edificio construido copiando un lugar o edificio anterior

revolución — un levantamiento de la gente contra el gobierno; una rebelión

símbolo — algo que representa otra cosa, como la bandera representa un país

ÍNDICE